자유의
편린

글·사진 Terry L.동훈

책과나무

Interview

"책에 대한 간단한 소개를 부탁드립니다."

"자유라는 흔한 주제를 가지고, 제가 만난 다양한 사람들과 나누었던 흔하지 않은 대화들과 저의 짧고 주관적인 생각들을 포토에세이 형식으로 정리한 책입니다."

"여행 중에 특별히 기억에 남는
재미난 이야기 하나만 해주시겠어요?"

"조지아 트빌리시의 온천에서 고추가 두 개 달린 여행자를 본 적이 있어요.
각각 용도가 다르다고 하더라고요."

"그런 변태 같은 이야기 말구요!"

"세계여행 중인 장애인 부부를 만난 적이 있어요. 여자가 하반신 마비였는데, 앞이 전혀 보이지 않는 시각장애인 남편이 휠체어를 끌면서 6년째 세계여행 중이더라고요. 앞으로 5년 동안 48개국을 더 방문하고 모든 여행을 마칠 예정이라고 했습니다. 그들의 여행이 궁금해서 오랜 시간 따라 다니면서 많은 걸 느끼고 배울 수 있었습니다."

"그런 이야기는 너무 식상하네요."

"타고 온 우주선이 지구에 불시착해서 기억상실증에 걸린 후 지구인으로 살다가 갑자기 외계인이었던 과거의 기억이 돌아왔다는 사람을 만난 적이 있어요. 그 사람을 만났을 당시 지구별 여행 중이었는데, 그동안 지구를 반 바퀴쯤 돌았고, 나머지 반 바퀴를 다 돌고 나서 자기네 별로 돌아가겠다고 하더라고요. 그래서 제가 지구별 가이드로 두 달쯤 함께 여행을 했습니다. 그때의 재미난 이야깃거리들이 좀 많습니다."

"책 속에는 그런 이상한 이야기들이 담겨 있는 건가요?"

"아니요. 이 책은 좀 전에 말했던 최근의 여행 이야기들이 아니라, 대부분이 제가 막 처음으로 여행을 시작했을 때 만났던 인물들과의 대화나 생각들 중에서 자유에 관한 내용을 짧게 추려서 정리한 책입니다. 길고 무거운 이야기는 하나도 없기 때문에 그냥 사진 보면서 아무 생각 없이 넘길 수 있는 가볍고 편안한 사진 책 정도로 생각하시면 될 것 같아요."

'Hello, my friend'

Contents

Rest Area

metics

같지만 다른 세상

대부분의 사람들은

어떤 계기나 특정한 목적이 있어서 여행을 떠나기 보다는
자신을 둘러싼 억압들로부터 벗어나
자유로움과 일시적인 해방감을 맛보고 싶어서
여행을 떠난다

나 역시 그런 이유로 여행을 시작했다

낯선 세상에 대한
설렘 가득한 두려움과 기대감으로
문을 열었던
여행은

기대와는 다르게
나를 완전히 자유롭게 만들어주지는 못했지만

다양한 장소에 가 보았고

다양한 사람들을 만났다

여행을 통해 내가 만난 세상은

다양한 컬러와

다양한 모습을

가지고 있었다

다양한 문화와 삶의 방식들

서로 다른
외모와
언어에도
불구하고

자유의 편린

지구에

아주 잠시
머물러 살아가는
인간들의 모습은

어디에 사는
누구든
크게 다르지
않아 보였다

지구별
어디에 있든
누구이든

가족이 있고

먹고 살기 위해

일하러 다녀야 했으며

다양한
걱정거리와
고민들을

가득
끌어안고
살아갔다

아직 살아있는
모든 지구인들에게

시간은
똑같이
흘러갔고

시간은 살아있는 모두를 죽여가고 있었다

어디서 어떻게 살든

아직 살아있는 모든 인간들은

언젠가
세상을 떠나야만 했고

모두가
미성숙한 채로

이 세계에서
사라져 갔다

인간들은
살아있는 동안

가끔은
웃기도 하고

또 가끔은

울기도 했다

사랑을 했고

행복할 때도 있었지만

상처받거나
절망할 때가
더 많았다

항상 행복하기만 한 인간도

완전히 자유로운 인간도

아직까지 만나보지 못했지만

지구별 어디에도 없을 것 같다.

그런 인간은…

어린이

어린이들은 돈에 관심이 없다

돈이나 공부보다는

알몸으로 물에서 뛰어 다니거나

자신이 좋아하는 그림을 그리는 것에 관심이 있다

친구들과 담을 넘어 다니고

창문에 매달리거나

신나게 춤추면서

다른 아이들과 웃고 노는 것에서
즐거움을 느낀다

하지만 어른들은

어린이에게 자신들의 생각을 강요했고

그 결과

어린이는 모든 기쁨을 상실해 버렸다

그때부터

어린이의 인생은 지루해지기 시작한다

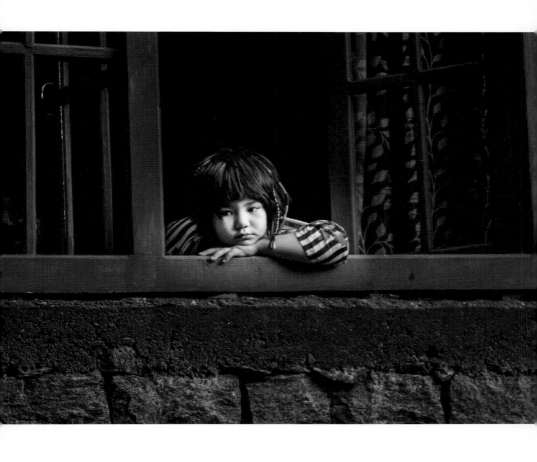

어린이를 진심으로 사랑한다면

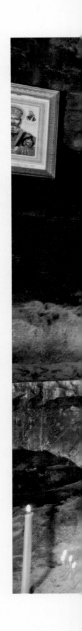

함께 즐겁게 놀아주는 것만으로

충분하지 않을까?

진정으로 성숙한 인간은

다시 어린아이로 돌아간다고 한다.

어린아이로 다시 돌아가게 되었을 때

비로소 삶이 놀이가 되고
모든 순간을 즐기며 존재할 수 있다던데

난 여전히 미성숙한 인간이다 보니

어디를 가서 누굴 만나 뭘 하든
매순간 이렇게 심각하게 살 수밖에 없나보다

Rest Area

전망 좋은 화장실

행복이
금지된 나라

⁰¹ 정신병

여행을 다니다 보면
사람들이 무척 행복해 보이는 나라들도 있었지만
현재의 행복이 금지된 이상한 나라도 있었다

불행해질 수밖에 없는
사회구조와 환경 속에 살아가는
그 세계의 사람들은
매일같이 고통과 절망을 대량으로 생산해가며
만족과 행복을 상실한 채 살아가고 있었다

신에 의지하지 않고는
고통스러운 삶을 버틸 수 없는 사람들도 있었지만
그들조차도
현재가 아닌
오직 미래를 위해서만 기도했다

그 나라는
완전히 병들어 있었고
그곳에 사는 사람들은 모두 아파했으며
정상인들보다 자신이 정상인줄 아는 정신병자들이
더 많이 살고 있었다

교육 수준이 높을수록 더 많이 미친 것 같았다

아이들이 다니는 학교조차
정신 나간 선생들이 있었다

충분한 사랑과 관심을 받지 못한 아이들은
각종 인터넷 커뮤니티와 기사들에 댓글로 분노를 표출하거나
SNS를 통해 잘못된 방식으로 관심을 구걸하기도 했다

인터넷은
아이들을 폭력적이고
인성이 덜 된 어른으로 성장시키는데
큰 도움이 되었다

그 나라는
어려서부터 행복하게 사는 게 절대적인 금지 사항이었다

그곳은
청년들의 행복해지려는 시도만으로도
범죄자 취급을 해버렸다

청년들은
현재가 아닌
미래에 살기를 끊임없이 강요당했고
스펙을 쌓아
대기업의 노예가 되거나
국가의 안정적인 노예로 살아가는 것만을
최대의 목표로 삼아야 했다

청년들은

절대로 현재를 행복하게 보내선 안 되며

젊음을 아무리 불행하게 보낸다 하더라도

각자가 좋은 상품이 되어

노예로 잘 팔려가기 위한 노력을 하는 것만이

그들에게 허락된 전부였다

사랑보다는 외로움을

즐거움 보다는 고통을

더 많이 생산해가며

아파하던 청년들 중 일부는

성욕과 알 수 없는 욕망에 시달리며

이상증세를 보이기 시작했다

인간은

건강하지 못할수록

성욕이나 알 수 없는 욕망들에

몸과 마음을 지배당하며

조금씩 미쳐가기 때문이다

그 세계의 지식인들은

모든 행복은 미래에 있으니

현재 느낄 수 있는 모든 즐거움과 행복을 억압하고 희생하라는 말을

'꿈'이라는 단어 하나로 간결하게 압축한 뒤

모든 청년들은 꿈을 가져야만 한다고 말했다

꿈이 없으면 희망도 없으며

기회도 찾아오지 않기에

좌절과 절망만이 기다릴 뿐이라는 협박은

꿈이 없던 수많은 청년들을

더 깊은 좌절과 우울감에 시달리게 만드는

가장 큰 스트레스의 원인이 되었다

꿈이 없는 사람들은

한심하고 무능한 사람으로 취급당하기에

협박에 따라

많은 청년들은 자신의 꿈을 찾기 위해 노력했다

하지만

청년들이 꿈을 가진다는 건 결국

행복은 언제나 미래에 있기에

현재를 희생하고 고통 받는 게 당연한 일이라고

그들 스스로가 인정하고 받아들이는 것에 지나지 않았다

이미 어린 시절에
자신의 꿈이 무엇인지
무엇을 좋아하고 잘하는지
진정으로 원하는 게 무엇인지를
몽땅 잊어버린 대부분의 청년들에게
꿈을 가지라는 말은 엄청난 스트레스였고
꿈을 가진 청년이라 해도
사실 그건 부모나 타인의 기대를
자신의 꿈이라고 착각하는 것뿐이었다

대기업의 노예나

국가의 노예로

선택 받지 못한 무능한 청년들은

자신을 노예로 써 줄

어딘가를 찾아 끊임없이 방황해야만 했다

노예가 되지 못하거나 혹은 노예로 사는
아픔을 견디지 못해 스스로 목숨을 끊는 청년들이 늘어나자
누군가는 아프니까 청춘인 거라는 위로의 말을 그들에게 던져주었다

많은 청년들은 그 말에 공감하며 계속 아파했고 좀비처럼 살아갔다

하지만 현재를 희생해가며 고통 속에서 미래를 살아가는 청년들에게
행복한 미래는 더욱 멀어져 갈 뿐이었다

청년들은 이미 영원히 현재에 머물 수 없는 장애인이 되어 버렸기 때문이다

그들은 높은 연봉을 받는 고급 노예가 되었다 해도
결국 삶을 돈과 맞바꾸면서
인생을 낭비하는 것 말고는 아무 것도 할 줄 아는 게 없었다

그들에게 행복은 언제나 미래에 존재할 뿐이었고
그 미래는 계속 미래로 미뤄져갔다

온전히 현재에 존재할 수 없는 그 세계의 인간들은
죽을 때까지 극도의 불안과 권태감에 시달리며
행복을 찾기 위해 노력했지만
행복은 현재를 살아가는 인간들만의 특권이었기에
그 세계의 누군가가 행복을 발견한다는 건 불가능에 가까운 일이었다

그 세계의 모든 사람들은
각자의 고유한 열쇠를 가지고 있었지만
사용법을 모른 채
자물쇠로 어딘가에 묶여 있었기 때문에
어느 누구도 자유롭거나 행복할 수가 없었다

제대로 사랑을 할 수도 없었다

사랑을 해도 오히려 더 우울하고 외로워질 뿐이었다

온전히 행복을 느낄 수 없으니
사랑이 행복을 주는 게 아니라 고통을 주는 것이었다

조르바의 말처럼
자유로운 삶을 살고 있는 행복해 보이는 인간들도 있는 듯 했으나
결국엔 자물쇠가 걸려있는
배경만 살짝 다를 뿐 어딘가에 묶여 있는 것은 모두 똑같았다

돈을 모아

인생을 즐기기 위해서가 아닌

단지 먹고살기 위해 일만하는 청년들은

지금보다 더 나은 생활을 찾기 위한 모험을 하는 것에

크게 두려움을 느꼈다

일정 시점부터는

현재 자신의 생활에서 만족을 찾으려하게 되었고

편안함을 느끼게 되었기 때문이다

그 생활에서 벗어나면

큰 불편을 겪게 될 것이 분명했기에

현재의 생활을 유지하기 위해 계속 노력해야만 했다

그런 반복적인 무료한 일상이
행복하고 즐거운 건 절대 아니지만
그들은 삶이란 원래 고통스러울 뿐이고
그 속에서 일상의 소소한 기쁨과 행복을 발견해가면서
자신이 가진 것들에 만족하고 감사하면서 살아가는 게
모두의 인생이라고 굳게 믿었다

조금이라도 여유가 있는 자들은

매너리즘에 빠진 일상에서

잠시라도 벗어날 수 있는 방법으로 여행을 선택했다

여행을 통해

일시적인 자유와 해방감을 느낄 수 있었던 그들은

틈만 나면 여행을 떠나려했지만

여행을 떠났다 해서

그들이 완전히 자유로워지는 건 아니었다

나는 그 세계를 벗어나
행복만이 가득한 순수하고 아름다운 나라를 찾아 떠났다

그러나 순수하고 아름다워 보이는 나라들도
아주 가까이 들여다보면
여행자의 시각으로 한발 떨어져서 볼 때와는 달리
정도와 방식이 틀릴 뿐 대부분 병들어 있었고
나에게 웃어주던 사람들도
사실은 몹시 아파하며 살아가고 있었다는 것을 알게 되었다

지구별에는
아픔 없는 나라도
아픔 없는 사람도
없는 것 같았다

⁰² 관계

여건이 되는 사람은
여행이라도 훌쩍 떠나서
잠시나마 위로 받을 수 있을지 몰라도
떠나고 싶어도 떠날 수 없는 사람들은
관계를 통해 위로 받으려했다

실천할 수 없는 비현실적인 말들만 가득 담긴 책들을 읽거나
들을 때만 잠깐 그럴듯한 쓸데없는 강의를 듣는 사람도 있었지만
대부분의 사람들은 타인과의 관계를 통해
술을 마신다거나 수다를 떠는 것으로 위로를 받았다

하지만 관계는 상처와 고통의 가장 큰 원인이었다

그들은 언제나 관계 속에서 고통 받았지만

외로움은 항상 타인의 존재를 필요로 했기에

관계를 떠나서는 살 수가 없었다

<u>03</u> 익숙함

그게 뭐든
있다가 없으면 허전하고
사는 게 불편해 진다

그래서
고통 또한
있다가 없으면
견디기 힘들어진다

자신에게 고통을 주는 사람이나 환경 속에서
편안함과 안정감을 느끼는 사람들은
고통 없는 삶을 몹시 두려워하며
행복으로부터 스스로 도망치게 된다

그들의 마음을 편하게 해주는 건
불편하고 두려운 자유와 행복이 아니라
익숙하고 편안한 힘들고 고통 가득한 삶이기 때문이다

그 세계의 인간들은
살아있어도 살아있다고 말할 수 없는
좀비 같은 존재들이었다

그 세계의 유일한 생존자인 어린이들조차도
자기애를 상실해 가며
좀비로 변해가고 있었다

그들 모두는
끔찍한 좀비의 모습에서 간절히 벗어나고 싶어 하지만
막상 익숙하고 편안한 좀비에서 벗어나게 되면
불편해서 잠시도 견디지 못하고
좀비로 다시 돌아가려고 발버둥 쳤다

일에 길들여진 사람은 일을 해야만 행복하고
노는 것에 길들여진 사람은 놀아야만 행복하다

익숙한 것, 길들여진 것들에서 우리는 쉽게 벗어날 수 없다

좀비생활이 익숙해져 버린 사람은 인간답게 살기가 힘들다

좀비생활이 가장 익숙하고 편하니까…

⁰⁴ 득도

어느 나라에는 마치 득도를 한 사람처럼
욕망을 가지지 않으려고 하는 사람들이 있다

그 사람들은 타인에게 인정받을 생각도 없으며
하기 싫은 건 절대 안 하고 하고 싶은 것만 한다

미래의 출세나 소비를 생각하지 않고 오직 현재만 생각하며
자유롭고 행복한 삶을 살겠다고 한다

행복이 금지된 나라에도 불안하고 절망적인 미래에 살기보다
몹시 적은 돈만 벌더라도 만족하고 온전히 현재에 살며
지금 누릴 수 있는 행복을 최대한 누리겠다며
꿈과 희망을 포기해 버리려는 청년들이 등장했다

하지만 최저 임금이 낮은 그 나라에서
부모 도움 없이 다른 나라 사람의 흉내를 낸다는 것은 쉽지 않은 일이었고 하기
싫은 것과 힘든 것을 다 포기하고
오직 현재에 충실하기를 선택했다고 해서
모든 불안감과 두려움이 사라지면서 자유롭고 행복해지는 것도 아니었다

비난

여행 중에 행복이 금지된 나라의 청년들은 어디를 가도 쉽게 만날 수 있었다

그들은 세계 구석구석 다니지 않는 곳이 없었다

아무리 도전하고 노력해도 되지 않을 것들에 부딪혀서
아프고 힘들어하기 보다
모든 걸 포기하고 그냥 마음 편히 자유롭고 행복하게 살고 싶어서
여행 중이라는 그 나라의 청년들

그들은 돈도 없고 딱히 적당한 일도 찾기 힘들어서 방황하거나
하기 싫은 일을 억지로 해서 돈을 벌어
단지 먹고 살 뿐인 고통스러운 젊음을 보내는 것 보다
하고 싶은 여행이나 마음껏 하면서 자유롭게 사는 게
더 가치 있고 행복한 삶이라고 주장했지만
그들은 주변 사람들의 엄청난 비난을 피할 수가 없었다

그들의 삶이 멋있다고 생각하거나 부러워하는 사람들도 있지만
대부분의 사람들은 그들을 이해하거나 받아들이지 못하고
노후를 생각해 당장 현실로 돌아와 고통 받기만을 강요했다

그러나 그들이 돌아가서 다시 찾아보아도
그들이 원하는 적당한 일자리는 찾을 수가 없었고
우울, 불안, 분노 등의 정서적 문제와 다양한 심리적 고통, 좌절감만
깊어질 뿐이었다

아르바이트를 해서 모은 얼마 안 되는 돈으로는
물가가 몹시 비싼 자신의 나라에서 얼마 버틸 수도 없었기에
다시 물가가 싼 나라로 나갔고 해외에서 생활하다가 돈이 떨어지면
또 돌아와서 잠깐 아르바이트 하기를 반복하는 청년들은
주변 사람들의 손가락질과 비난보다도
자신의 자유와 행복이 더 소중하다고 말하지만
그들이 누리는 자유와 행복이 진정한 자유와 행복이 아닐 수도 있다.

하지만 자신과 삶의 방식이 다르다는 이유로 그들을 비난만 할 수 없는 것은
여행 중에 뭔가 떠오르고 생각이 정리되어 돌아와서
자신만의 일을 찾거나 창업을 해서 성공하는 경우도 볼 수 있기 때문이다.

그들이 옳다고 생각하는 삶의 방식이 있고
그 세계의 다른 사람들은 또 그들 나름대로 옳다고 믿고 생각하는
삶의 방식이 있는 것뿐이다
서로 다른 삶의 방식에 대하여 칭찬하거나 비난할 일도
어느 한 쪽을 강요할 일도 아닌 듯하다
그들은 우리와 삶의 방식이 다를 뿐 틀린 것은 아니니까

⁰⁶ 대화 – 첫 번째 사람

"어느 날 산다는 거 자체가 너무 피곤하고 지겨워져서 죽고 싶더라고.
제대로 되는 일도 하나 없고. 그래서 정말 죽어버릴까 고민했는데
그것보단 그냥 다 포기하고 모든 걸 내려놓고 살면 어떨까 싶어졌어.
생각해보니까 내가 좋은 직업이나 돈이 없다고해서
불행하게 살아할 필요는 전혀 없는 것 같더라고.
난 지금 돈도, 여자도, 직업도 없지만
없다는 걸 최대한 누리면서 만족하고 살고 있어.
돈이든, 여자든 없는 상태를 즐기다가
생기면 또 그때 가서 있는걸 즐기면 되는 것뿐이라는 걸 깨달았거든."

"그래서 지금은 행복해?"

"난 지금 충분히 자유롭고 행복해!
하지만 분명한 건 내가 자유롭고 행복하게 사는 방법을
누군가 따라한다면 불행해 질 거라는 거야!
그래서 난 내 삶의 방식을 누구에게도 강요하지 않아!
그런데 많은 친구들은 나한테 자신들의 방식으로 살아야 한다고
강요하면서 나를 괴롭혀!
그건 절대 마음에 안 드는 어떤 여자가
나에게 사랑해 달라고 강요하는 것보다 더 끔찍한 건데 말이지!"

"세상 사람들은 각자 너무 다르기 때문에,
각자가 자유롭고 행복한 삶을 위한
자기만의 방법을 찾아서 살면 되는 거야!
내가 찾은 방식은 나에게만 쓸모 있을 뿐이고,
누군가가 너의 자유와 행복을 위한 방법을 찾아주는 건 불가능해!"

⁰⁷ 대화 – 두 번째 사람

"예전엔 나도 꿈이 있었어.

열심히 하면 될줄 알았는데, 생각처럼 쉽지가 않더라고.

몇 번이나 좌절했다가

끝까지 포기하지 않고 계속 도전했더니 되는 날이 오긴 오더라.

근데 그때부터 사는 게 한없이 지루해져 버렸어.

정말 웃기지 않아?

꿈을 이루면 행복해 질거라 믿었는데, 오히려 사는게 지루해져 버리다니!

사실 내가 진짜 불행해지기 시작한 건

열심히 하면 될 거라는 희망을 가졌을 때부터 였던 것 같아.

암튼 인간은 어떻게 살든 고통과 좌절을 피할 수 없다는게

내가 내린 결론이야.

고통과 불행에서 벗어나려면, 그냥 체념하는 수밖에 없다고 생각해.

사람들이 나한테 잘 나가다 왜 갑자기 이렇게 사느냐고 뭐라고들 하는데,

중요한 건 내가 그들보다 더 자유롭고 행복하다는 거야.

지금 난 바람처럼 자유로운 여행자니까!"

"난 누가 바람처럼 자유롭다거나,

자유로운 영혼이라고 말하면 조금 건방져 보이더라!

뭔가, 말도 안되는 소리같거든.

너가 지금 누리고 있는 자유와 행복이 완전하다고 생각하니?"

"내가 말했잖아!

그냥 체념한 것 뿐이라고!

완전히 자유로울 수 있는 사람이 세상에 어떻게 존재할 수 있겠어!

꿈을 이루고 난 뒤에 깨달았어.

인간은 결코 행복해지거나 자유로워질 수 없다는걸 말이야!

그래서 행복해지려 노력하거나 자유로워지고 싶어할수록

더욱 더 불행해 질 뿐인거지.

결국 난 조금 덜 고통받고, 덜 불행하게 살 수 있는 길을 선택했을 뿐이야!

안 그러면 미쳐서 죽어버릴 것 같았거든….”

자유롭고 행복한 시간들은 순식간에 지나가 버리지만
고통은 영원하다
그 어떤 기쁨과 행복도 다 지나간다
지금 이순간 아무리 자유롭고 행복하다 해도
그 또한 다 지나간다

그러나 고통은 지나가지 않고 영원히 지속된다
우리가 행복하다고 느끼는 순간은
단지 상대적으로 덜 고통 스럽고 덜 불행한 상태일 뿐이다
지속적인 삶의 고통 속에서 상대적으로 덜 힘들고 덜 구속받는 상태일 때
우리는 자유롭고 행복하다고 받아들인다
하지만 그 느낌이 오래 지속 되지는 않는다
일상 속에서 우리가 느낄 수 있는 소소한 행복들은
일시적인 고통의 망각에서 찾아오기 때문이다

그래서 "망각은 우리의 삶에 있어 가장 큰 축복이라고 말할 수 있다."라는 게
그 녀석의 생각이었다

차 안에서

01 자유

나는 무표정하게 창밖 모든 풍경을 세심하게 들여다보며 음악을 들었다

기분이 무척 좋았지만 그 표정을 겉으로 드러내진 않았다

가끔씩
경이로운 풍경들이
눈에 들어왔다가
순식간에
사라져 버리곤 했지만

대부분은
기시감이 느껴지는
지루한 풍경의 연속이었다

이제껏 본 적 없던
다양한 이미지들이
머릿속 어딘가에 차곡차곡 쌓여가면서

내가 속해 있던 세상에서
그림자처럼 따라다니던
친밀한 고통들이 조금씩 사라지고
자유로움이 그 자리를 채워가고 있었다

돈이 아주 많아서 평생 여행만 다닐 수 있다면

내가 완전히 자유로워지는 게 가능할까?

아마 진정 자유로운 사람은

아무것도 두려워하지 않고

아무것도 생각하지 않을 것이다

하지만

나는

그렇게 할 수가 없었고

어디에 있든 온전히 자유로울 수 없었다

⁰² 무시

내 마음 속에 온갖 불필요한 생각들이
허락도 없이 수시로 찾아오듯

차가 잠시 정차했을 때
온갖 잡다한 것들을 들고 있는 시커먼 손들이
허락도 없이 창문을 통해 기어들어왔다

"너를 위해 준비했어."

"신선한 과일이 왔어요."

"뭐야, 사진만 찍고 안 사는 거냐?"

"차 한 대 뽑지 않을래?"

"일단 맛이나 봐!

맛 없으면 안 사도 돼."

"일단 만져나 봐!

만져보고 안 사도 돼."

"일단 이걸로 한 놈 때려나 봐!!

때려보고 안 사도 돼!"

"정말 안 살거야?

한 대 맞아볼래?"

내 삶에 아무 허락도 없이 찾아 들어오는
수많은 걱정과 고민들을 모두 무시해버리면
삶이 좀 더 편안해지듯

창문으로 들어오는 쓸모없는 모든 것들을 무시해버리니
더 이상 귀찮게 하지 않고 가버렸다

새가 날아 들어오든
살아있는 기린 머리통이 들어와서 매롱을 하든
쓸모 없는 건 모두 무시하자!

차 안이든

차 밖이든

마음 안이든

마음 밖이든

⁰³ 허세

차를 타고 있던 대부분의 사람들이
고산증 때문에 힘들어 하던 히말라야에서
창 밖에 자전거를 타고 지나가는 사람의 모습이 보였다

난 그들과 대화할 기회가 오면 "정말 대단하고 멋지다."라고 말했다

그렇게 말해야 그들이 내가 부러워하는 줄 알고 좋아했기 때문이었는데
사실 나는 그들을 조금도 이해할 수가 없었다

가지 말라고 하는 위험지역을 간다거나 여행은 힘들어야만 한다며
편한 길을 두고 힘들게 다니는 그런 사람들은
그냥 미친 사람일 거라고만 생각했다

얼마나 자기 자신이 싫고 혐오스러우면
자신에게 그런 고통을 줄 수 있는 건지가 몹시 궁금하기도 했다

그들에게 그러다 병이라도 나거나 사고라도 당하면 어쩌려고 그러냐고
걱정이라도 해주면
그들은 신이 나서 이야기를 더욱 부풀려 나갔고
자신만의 여행철학을 늘어놓기 바빠 보였다

하지만 본의 아니게
그들 만큼이나 힘든 여행을 하게 된 적이 있었다

한때는 허세 덩어리로만 보였던 그들이었지만
그 여행 이후 나는 그들을 약간은 이해할 수가 있게 되었다

그들이 힘들게 여행하는 이유는 사는 게 너무 힘들기 때문이었다

힘든 자신의 삶보다 더 힘든 여행을 통해
상대적으로 삶이 덜 힘들고 가볍다고 느낄수 있기 때문에
그들은 편안한 여행보단 힘든 여행을 선택한 것이었다

자신의 삶보다 더 힘든 뭔가를 해냈다는 큰 성취감 속에서
세상을 좀 더 아름답게 볼 수 있고
 삶을 보다 더 행복하게 받아들일 수 있게 되니까

여행이 더 힘들수록
힘들기만 했던 자신의 삶이 이전보다 더 가볍고 평화롭게 느껴지기 때문에
그들은 항상 더 큰 자극을 찾아다닐 수밖에 없게 된다

그들은 자신을 학대해가며 깨달음을 추구하는 수행자들처럼
자신의 삶보다 더 큰 고통을 통해 행복을 찾으려는 사람들이었다

⁰⁴ 친구

차를 타고 여행하는 제한된 시간 동안
같은 공간을 공유하는 다른 사람들과 대화를 하며
가까워질 수 있는 기회가 제공되지만
관계를 지속할 가능성이 없는 상대에게 굳이 솔직할 필요는 없어 보인다

어차피 자신이 하고 싶은 뻔한 말만 하고
듣고 싶은 말만 들으니 말이다

그럼에도 불구하고

그다지 영양가 없는 이런 저런 대화를 하며 서로 친구가 되고
어느 한쪽이 목적지에 도착하는 순간
더 이상 함께할 이유가 없어 절교하지만
그런 짧고 사소한 만남들이 내 운명에 큰 변화를 가져온다는 것을
가끔 실감할 때가 있다

⁰⁵ 노인

여행을 처음 시작했을 때 나를 가장 놀라게 했던 것은
몇 개월만 잠깐 일하고 돈을 모아서 여행 다니다가
돈이 다 떨어지면 다시 돌아가서 일하고 돈 모이면 다시 여행 나오기를
반복하는 여행자들이 세상에는 믿기 힘들 만큼 많았다는 사실이었다

그들은 자신의 삶에서 일하는 시간을 최소한으로 줄이고
즐기는 시간을 최대한으로 늘리면서 살아가는 자신들의 삶의 방식이
일만 죽어라 열심히 하다가 가끔 여행이나 다니는 삶보다는
훨씬 더 자유롭고 행복하다고 말했다

그런 자유로운 삶의 방식이 후천적으로 생겨난 게 아니라
자신의 타고난 역마살 때문이라는 독특한 말을 하는
장기 여행자가 차에 탑승했고 잠시 대화를 나눌 수 있었다

"어떻게 하면 너처럼 자유롭게 살 수 있니?"

"사실 자유, 사랑, 행복 이런 거 다 돈 주고 사야 하는 거야!"

"돈으로 어떻게 자유를 산다는 거야?"

"간단해! 먼저 시간을 돈으로 바꾸고, 다시 그 돈으로 자유를 사면 돼!
그런데 인생의 모든 시간을 돈으로 바꾸는 병신들이 너무 많아!
뭐, 돈을 많이 모으고 싶다거나 존경받고 싶으면 어쩔 수 없는 거지만,
그런 병신들은 열심히 돈을 모아서 부자가 되면,
그때 가서 자신의 마음이 얼마나 가난한지를 깨닫게 될 거야."

"결국 열심히 일하고 돈 모아서 즐기라는 뻔한 말이네."

"나 같은 평범한 인간한테 너무 감동적인 대사를 기대하지 마!"

"넌 그다지 평범한 인간이 아닌 것 같은데."

"어떻게 살아가든 깨닫지 못한 인간들은 모두 다 평범한 인간들일 뿐이고,
겉으로 보기엔 조금 달라 보일지 몰라도 별로 특별한 건 없어.
생각하는 거나 살아가는 건 다 거기서 거기야."

대화를 나누던 중 차가 고장이 나서 멈춰 섰다
나와 대화를 나누던 여행자는 차에서 가방을 내리면서 말했다.

"딱 내 목적지에서 차가 또 고장 났네!
저쪽 산 위에 불그스름한 사원 같은 건물 보이니?"

"보여."

"저기 가면 160살 먹은 평범하지 않은 노인이 한 분 계시는데,
그분은 모르는 게 없는 분이라서
네가 원하는 모든 고민의 해답을 가지고 있을지도 몰라.
믿거나 말거나지만, 고민이 있다면 한 번 찾아가보는 것도 재미있을 거야."

'말도 안 되는 소리다.'
그렇게 생각하면서 나는 곧바로 차에서 짐을 챙겨 그 노인을 찾아갔다

사람이 많이 사는 것 같지도 않고, 유명한 관광지도 아닌데,
무슨 이유인지 가는 길에는 다양한 종류의 거지들이 많이 있었다

어린이 거지까지 박스를 깔고 누워 있었다

사원 안으로 들어가 세칭 160살이라는 노인 앞에 앉자 노인이 말했다

"자네는 이곳에 오는 길에 무엇을 보았나?"

"거지들이요."

"자네보다 어렵고 끔찍하게 못사는 사람들을 직접 보니 어떤가?"

"나는 어쩌면 행복한 사람인지도 모르겠다는 생각이 들려다가 말았어요."

"그럼 자네보다 잘사는 사람들을 보면 한없이 불행하다는 생각을 하겠군."

"네."

"자네보다 못한 사람들과 비교하면서 행복하다고 느끼는 건,
현재의 불행에서 일시적으로 벗어나려는 충동일 뿐,
그걸 행복이라고 볼 수는 없네."

"알아요."

"무엇이 궁금해서 나를 찾아왔나?"

"안정적인 직장에 다니면서,
결혼해서 가정을 꾸리고 착실히 저축해가며 살아가는 평범한 삶과
잠깐 일해서 모은 돈으로 여행만하는 자유로운 삶.
둘 중에 어떤 게 더 행복한 삶일까요?"

"어느 쪽이 더 행복한 삶이라고 말할 수가 없다네.
중요한 것은 지금 자신이 원하는 삶을 살고 있느냐 하는 것뿐이지!
여행만 한다고 해서 자유로운 삶이라고 볼 수는 없어.
자네가 지금 여행을 하고 있지만, 전혀 자유롭지 않은 것처럼."

"내가 왜 자유롭지 못하다는 거죠?"

"자네는 뭔가 고민이 있으니 나를 찾아온 거야!
마음 속에 고민을 품고 있는데,
몸뚱이가 제멋대로 돌아다닌다고 해서 자유롭다고 말할 수는 없지.
자유라는 건 정신적인 부분에서 오는 것이라네.
몸이 자유롭다고 해서 영혼까지 자유롭다고 말할 수는 없는 거지.
진정 자유로운 자들은 자신의 욕망에 따르며 살아간다네."

"그럼, 금지된 욕망에 따르는 자들도 자유로운 자들인가요?"

"그런 자들은 그냥 미친 사람이라고 한다네."

"자네는 자유롭게 여행하며 돌아다니지만 자유롭지 못하고,
 나는 평생을 이곳에 갇혀서 명상을 하고 있을 뿐이지만 자유롭다네."

"여기만 갇혀 지내는데 어떻게 자유롭다는 거죠?"

"내면이 자유롭기 때문이지."

"당신이 아무 데도 안 가면서 자유롭다는 걸 보면,
자유롭게 살기 위해 꼭 어딘가로 떠나거나 여행할 필요는 없다는 말이죠?"

"아니네.
자유는 익숙했던 모든 걸 버리고 떠나는 순간부터 비로소 시작되는 거야."

"그래서 자유로워지려면, 어떻게 하라는 거죠?"

"인간은 자신이 원하는 무언가가 되려고 하면 할수록
점점 더 불행해지는 존재라네.
오직 부자가 되고 싶은 사람만이 자신을 가난하다고 느끼고,
행복해지고 싶은 사람만이 자신을 불 행하다고 느끼는 법이니까.
아무 것도 원하지 않을 수 있을 때 진정한 자유가 찾아오는 법이라네."

"그러니까 어떻게 하라고요?"

"자네는 절대로 자유로워 질 수 없네!"

"왜요?"

"자유를 원하지 않거든."

"그건 또 무슨 말인가요?"

"자네는 자유가 두려울 거야"

"'이렇게 하면 자유로워질 거다!'라는 명확한 지침은 없나요?"

"삶에 있어 명확한 지침이나 해답은 존재할 수가 없다네.
그래서 삶이란 언제나 존재할 수 없는
그 해답을 찾아가는 과정 중에 있는거고,
나는 단지 그 답을 스스로 찾아가는데 약간의 도움만을 줄 수 있을 뿐이니
어서 고민이나 더 자세히 말해보게나."

"난 평생 여행이나 다니면서 살고 싶어요.
그런데 나중에 결혼하고 나면 여행이고 뭐고 다 끝이고,
평생 먹고 살기 위해 억지로 일만 하면서 살아야겠죠?"

"결혼하면 아내를 사랑해 줄 수 있나?"

"너무 당연한 거 아닌가요."

"그럼 뭘 걱정하는 건가? 사랑이 있다면 아무런 문제도 없어!
자네가 아내를 진정 사랑한다면
여행을 다니는 것보다는 아내를 위해 일하는 것이
훨씬 더 행복할 것이 분명해!
하지만 평생 불행하게 일만 하며 살아야 하는 게
결혼했기 때문이라고 생각한다면,
아내는 자네가 여행을 포기하고 가정을 지키기 위해 죽어라 일만 해도
조금도 고마워하지 않을 것이네!"

"왜죠?"

"자네의 생각은 폭력을 행사한 것과 다름없으니까!
사랑해서 결혼한 거라면, 어떻게 살아도 행복해야 하는 것이야!
진정 사랑하는 사람이라면,
결혼해서 어떻게 살아야 할지 조금도 걱정하지 않고,
단지 사랑할 뿐이어야 하는 것이네!
자네는 여행을 가고 싶지만 아내 때문에 떠나지 못한다는 건,
사랑하는 마음이 아니라 몹시 더럽고 추악한 감정일 뿐이야!"

"자네가 결혼한다면, 아이가 생길 것이네."

"애 키울 능력이 안 돼서 안 낳을지도 몰라요."

"낳으면 어떻게든 키우게 돼 있어!"

"낳기 싫어요!
아이가 있으면, 자유롭게 여행하는 게 완전히 불가능해지잖아요!"

"자네의 삶은 혼자 여행만 다니며 살든,
결혼해서 아이를 낳든 똑같을 것이네!
돈을 많이 벌어 성공하면 그만큼 재앙이 뒤따르고,
실패하면 그만큼 배우고 얻는 게 많은 것과 같은 이치라네.
어떤 선택을 하던 결과는 항상 똑같아.
이 세계는 무언가를 얻으면 그만큼 잃게 되고,
또 무언가를 잃게 되면, 그만큼 얻게 되는 구조로 만들어져 있거든."

"결혼하고 아이를 낳으면 그만큼 나의 자유를 잃게 되지만,
그 이상으로 가치 있는 것들을 얻을 수 있을 거란 말인가요?"

"그렇지."

"그래도 처자식을 먹여 살리려면, 죽어라 일만 해야겠네요?"

"아내와 자녀를 사랑한다면,
절대로 책임감이나 의무감 때문에 어떤 일을 해서는 안 되네!"

"그렇게 하면 어떻게 되는데요?"

"아내에게 돈을 많이 벌어다 주고,
자녀 뒷바라지를 아무리 열심히 해도
그들은 그 모든 걸 당연하게 생각하거나 부족하다고 생각하며,
불만만 쌓여갈 뿐이야!
자네에게 아주 조금도 감사해 하지 않을 것이네!"

"왜 그렇게 되는 거죠?"

"자네가 아내와 자녀의 탓만 하면서 일했기 때문이지!
자네의 행동에는 그들에 대한 원망만 있고 사랑이 없으니
그들도 사람이라면 당연히 느낄 수밖에 없는 거야!
자네는 분명 그들을 사랑한다고 착각하면서 사랑한다고 말하겠지만
그건 거짓된 사랑일 뿐이네!"

"그럼 어떻게 해야 하나요?"

"만약 자네가 그들을 진심으로 사랑했다면,
자네가 여행을 떠나고 싶을 때 떠나버린다 해도
분명 이해해 줄 것이네!
자네를 무책임하다고 비난하거나 원망하는 일은 절대로 발생하지 않아!
왜냐면 자네의 사랑을 그동안 충분히 느꼈을 테니까."

"진심으로 사랑해주고, 그 마음으로 모든 일을 하라는 건가요?
틀린 말은 아닌 것 같지만, 그런 뻔한 말들은 큰 도움이 안 돼요!
지금 당장 내 인생이 뒤바뀔만한 위대한 말이 필요해요!
당신은 모르는 게 없다던데, 내 삶에 명확한 해답을 말해주세요!"

"그걸 알면 내가 여기서 이러고 있을 것 같은가?"

"아뇨."

"그것이 정답이네."

"결혼해서 살다보면 사랑 같은 건 금방 사라져 버린다는데
그땐 어떻게 하죠?"

"결혼 생활 안에서 로맨스를 찾아보게나."

"그게 말이 된다고 생각해요?"

"찾으려 하면 분명히 찾게 될 것이네!
만약 결혼을 고민하는게 혼자 살기 무섭고 외로워서라면
절대로 결혼하지 마시게!"

"난 외롭지 않아요!
혼자 있는 시간을 더 즐기고, 혼자서도 충분히 행복할 수 있거든요."

"그때가 바로 누군가를 사랑하고 결혼하기에 가장 좋은 최적의 시기이니
어서 결혼해서 아이 낳고 잘 살아보시게나!"

"그런데 외로운 사람은 왜 결혼하면 안 되죠?"

"외로운 사람은 외로운 사람끼리 만나게 되어 있어!
그렇게 외로운 두 사람이 만나면 외로움은 두 배가 된다네!
그런 사람들은 불행하면서도 왜 불행한지를 몰라!"

"행복해지려고 노력하면 되죠!"

"왜 불행한 건지 알지도 못하면서, 행복을 찾는다는 건 불가능한 일이야!
그런 자들에게 고통은 매우 일상적인 것이라서
피하려 해도 절대로 피할 수가 없어!
자기애가 파괴된 인간은 극한의 외로움에 시달리며,
평생을 살다가 죽을 뿐이야!
거지처럼 관심과 사랑을 끊임없이 구걸하지만,
그럴수록 갈증만 더 심해질 뿐이지!"

Rest Area

갈증

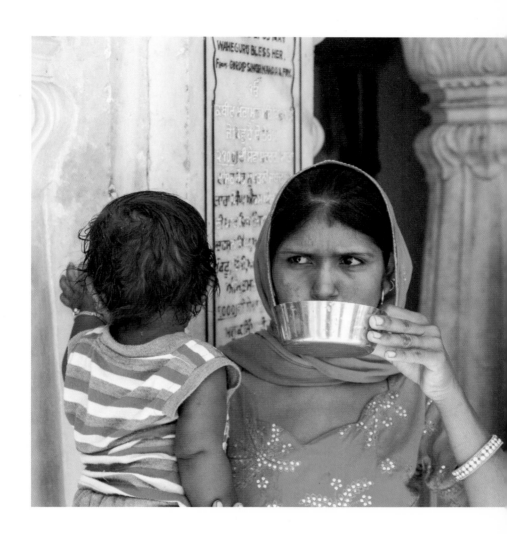

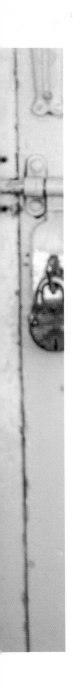

비교

사진 속 가난한 아이가 나를 보고 웃어 주었다고 해서
그 아이가 완전히 행복한 것은 아니다

인간이라면 누구나
지금보다 더 나은 삶을 원하기 때문에
가난하지만 행복한 사람은
세상에 존재할 수가 없다

만약 그들이

지금보다 더 나은 삶의 조건들을

원하지 않는다면

그건

지금 충분히 만족스럽고 행복하기 때문이 아니라

단지
더 나은 삶을 위해
무엇이 필요한지를
잘 모르기 때문이다

만약 주변에 가까운 사람들이
더 나은 삶의 형태로 사는 것을 보게 된다면

더 나은 삶을 위해서는
무엇이 필요할지를 고민하면서
주변 사람들의 삶과 자신의 삶을
비교하기 시작한다

그때부터
아주 끔찍한 불행이 시작된다

오지

여행자들이 쉽게 갈 수 없는 곳을 오지라고 한다

여행자를 위한 오지는 세상에 존재하지 않는다

여행자가 쉽게 갈 수 있다는 것 자체가
차가 들어갈 수 있고
전기가 들어온다는 말이기 때문이다

난 오지를 한 번도 가 본 적이 없고
조금도 가고 싶은 생각이 없다.

난 모든 게 잘 갖춰져 있는
여행자들로 시끌벅적한 작은 시골 마을을 가장 좋아한다

259

한적하고 조용한 시골마을에 가서
혼자서 조용히 쉬고 싶다고 해도
그곳이
저렴한 물가에 풍부한 먹거리들과
와이파이가 잘되고 따뜻한 물도 잘나오는 깔끔한 숙소에
편리한 교통까지 갖춰지지 않았다면
절대로 가고 싶지가 않다

매년 한 번도 빠지지 않고 찾아가는
그런 마을 중 하나가 바로
언제나 수많은 여행자들로 북적거리는
태국의 빠이다

물론 물가도 점점 오르고

해마다 조금씩 변해가고 있지만

아무 것도 볼 것 없고 할 것 없는 것은 변함없을 테니

앞으로도 매년 아무 것도 하고 싶지 않을 때마다 찾아가게 될 듯하다

조지아라는 나라에서
가장 아름다운 곳이라는 현지인의 말에 솔깃해서
베쵸라는 시골마을에 간 적이 있다

그곳은 산을 타고 왕복 6시간쯤 걸어 올라 가야만
어느 가정집 창고에서 간단한 먹거리를 구입할 수 있었다

어디서든 와이파이라는 것은 꿈도 꿀 수 없었고
숙소에 전기도 들락날락거렸다

아무리 아름다워도
그런 불편한 곳에서는 도무지 견딜 수가 없어서
며칠 만에 무거운 배낭을 짊어지고
차가 다니는 도로까지 한참을 걸어 내려갔다

나를 태워줄 누군가가 지나갈 때까지 무작정 기다렸지만
차는 쉽게 멈춰주질 않았다

난 그런 불편함 속에서 낭만이나 교훈을 찾을 수 있는 인간이 아니었다

단지 불편함을 끔찍이 싫어하는 인간일 뿐이었다

나 같은 여행자가 쉽게 갈 수 있는 곳이니 그곳도 관광지일 뿐이지만
그런 오지 비슷한 시골보다는 역시 모든 게 편리한 도시가 더 좋다

안 그래도 사는 게 힘든데
여행 나와서까지
일부러 힘들어야 할 이유는 조금도 없다고 생각한다

최대한 편안하게 여행하려고 노력해도
여행은 그 자체로 충분히 힘든 거니까!

힘들었던 여행은 기억에 오래 남지만

편하게 여행해서 좋았으면

기억에 더 오래 남는다

서스펜션 브리지

이 다리를 건넜던 사람은 모두 죽었다

다리를 건넜지만 아직 살아있는 자가 있다면,
아마도 죽게 될 것이다

나는 이 다리를 건넜고,
죽게 될 것이다

별로 죽고 싶지 않지만,
난 죽어야만 한다

늙어서…

⁰² 자유인

가격이 몹시 저렴하다는 이유로 찾아갔던 복잡한 게스트 하우스에
일하는 사람은 어디 갔는지 보이지 않았고,
대낮부터 맥주병을 손에 들고 미친 듯 춤추고 노래하던
정신나간 여행자만 있었다

체크인을 하기 위해 한참을 기다리던 중
그는 우스꽝스러운 가면을 갑자기 뒤집어쓰더니
알프레드 디 수자 의 유명한 시
"춤춰라, 아무도 보지 않는 것처럼
노래하라, 아무도 듣지 않는 것처럼
살아라, 오늘이 마지막 날인 것처럼"
구절을 그대로 실천하며 살아가는 진정한 자유인이라고
자신을 소개하며 나에게 말을 걸었다.

"자신을 사랑한다면, 자신을 행복하게 해주려고 노력해야 해!
만약 다른 사람들 시선을 생각해서 못하는 게 있다면,
그건 자신을 사랑하는 게 아니야!
진정한 자유인이 되어 행복해지고 싶다면,
본능에 충실하고 매 순간을 즐길 수 있어야
진정 자유롭고 행복한 삶이라고 할 수 있어!"

그렇게 말했던 그는 더 이상한 가면을 쓰고
밤늦게까지 자신의 자유를 마음껏 누리다가
숙소의 다른 투숙객과 시비가 붙었다.

"좀 조용히 좀 합시다!"

"내가 당신의 자유를 침해했나요?"

"지금 당신은 잠들고 싶은 나의 자유를 침해했고,
여러 사람들에게 피해를 주고 있잖소!"

"하지만 난 지금 음악을 크게 틀어놓고 춤을 추고 싶어요!"

"이런 미친! 딴 데 가서 그래도 되잖아!"

결국 스스로를 진정한 자유인이라 말하던 그 인간도
진정한 자유인이라기 보다는
자신의 자유를 위해서 타인의 자유를 침해하는 개념 없는 바보일 뿐이었다

비현실적인 시 한 편이 사람을 이렇게 망칠 수도 있었다

청소

"여긴 사람들이 별로 안다니는 곳이지만, 청소는 계속 해야 해!
아무도 다니지 않았다고 해도 먼지는 계속 쌓이거든."

"제가 좀 도와 드릴까요?"

"넌 너의 마음이나 매일 청소하도록 해."

"제 마음이 그렇게 더러워 보이나요?"

"너의 마음이 더러워 보여서가 아니야!
시간이 지나면 모든 건 다 더러워질 수밖에 없는 거야!
그러니까 계속 청소를 해줘야 하는 거고,
아무리 청소해도 끝이 없는 거지!"

"귀찮아서 안 할래요."

"그랬다간 마음 속에 온갖 쓰레기들이 가득 쌓여 넘칠 테고
결국엔 세상 살기가 싫어지거나, 인간 쓰레기가 될 수도 있어!
물론 넌 그렇게 쓰레기가 많이 쌓인 것 같아 보이진 않지만,
그게 누구의 마음이든 먼지는 매 순간 쌓일 수밖에 없는 거니까."

<u>04</u> 한가로움

창문을 통해 찾아온 눈부신 하루에 잠에서 깨어나
졸음을 털어내고 몸을 일으켜 잠시 멍하니 생각해본다

"난 오늘 아무 데도 가지 않아도, 아무 것도 하지 않아도 된다."

창밖 풍경을 멍청하게 들여다보다가 뭔가 마음이 푸짐해져 갈 때쯤
다시 누워달라는 침대의 말을 거절하기가 몹시 힘들어 다시 누웠다
오늘은 침대와 함께 지루해질 때까지 한가로움을 가득 즐겨야겠다

항상 무언가를 해야만 한다는 생각 때문에 아무것도 하지 않는 시간들이
한없이 지루하고 뭔가 불안해서 조금도 즐기지 못하는 인간들
그래서 뭘 하든 온전히 즐기지 못하는 강박증에 시달리는 불행한 인간들은
이런 한가로움이 주는 행복감을 영원히 느껴보지도 못하고 죽겠지

난 아무런 일도, 아무런 생각조차도 하지 않을 수 있는
자유와 평화로움이 가득한 여행을 사랑한다
항상 무언가에 쫓기듯 바쁘게 살다가 사는 게 힘들어서
잠깐 여행을 나왔다는 사람들을 만난 적이 있는데,
그 사람은 여행 중에도 바쁘게 이것저것 보고 돌아다니다가
결국 몸살이 나서 쓰러져 버렸다
사는 게 바쁘고 힘든 사람들은 여행도 바쁘고 힘들게 하는 것 같다

짧은 일정으로 여행 나온 거라면,
나도 어쩔 수 없이 바쁘게 돌아다녔을 테니 충분히 이해할 수 있는데,
그 사람은 3개월 일정으로 여행 나온 것인데
일주일 만에 쓰러져서 한국으로 돌아가 버렸다

욕심을 많이 내면 그게 무엇이든 꼭 탈이 나는 법이다

욕심을 버릴수록 여행이 더욱 풍요로워 지는 것 같다.

난 여행 일정이 짧을 때는 시간을 아끼기 위해 바쁘게 움직이며
관광객들이 다니는 전형적인 코스만 다니게 된다

하지만 여행 일정이 길면 아무 데도 가지 않고
숙소 주변 동네와 현지인 구경을 하면서
시간을 한없이 느리고 게으르게 보낸다
일부러 길을 잃어버리기도 하고
최대한 남들이 가지 않을 만한 곳들만 가보려고 노력한다

숙소가 너무 좋으면 밖에 나가기 싫어져서 푹 쉬어서 좋고
너무 후지면 방에 들어가기 싫어져서 계속 돌아다니게 되다보니
더 많은 걸 볼 수 있어서 좋은 것처럼
여행기간이 짧으면 짧아서 좋고
길면 길어서 좋은 점들이 분명히 있다

제대로 된 여행을 많이 안 다녀본 허세가 심한 사람들은
관광, 여행, 모험을 구분 짓고는 어느 쪽이 더 가치 있는 것이라고 떠들면서
자신의 여행이 진짜라고 말한다

하지만 일정이 길든 짧든
그 시간 동안 무엇을 했든 자신이 만족할 수 있는 여행을 했다면
그걸로 충분한 것 같다

누군가의 싸움

"당신이 가난하고 무식해서 나쁜 게 아니야!

당신의 가난과 무식함이 우리에게 피해를 주니까
당신이 쓰레기인거야!"

뚱뚱한 것은 아무 잘못이 아닐 것이다
하지만 그 살들이 타인에게 피해를 주게 된다면
뚱뚱한 것은 큰 잘못이 되는 것 같다
여행 중에 차를 타고 이동할 때
지나치게 뚱뚱한 사람이 옆 자리에 타서 짓누르고 있으면
가는 내내 고통스럽다

가난하고 못 배운 것도 마찬가지로 아무런 잘못도 아니지만
못 배우고 무식해서 욕이나 막말을 해댄다거나
가난하기 때문에 인색하다면 그건 큰 잘못이 된다

하지만 요즘엔 부자들이 더 가난하고
배운 사람들이 더 무식한 세상인 듯하다

배운 사람들이 더 심하게 막말하고
돈 많은 사람들이 더 인색하니 말이다

⁰⁶ 커플

내가 사진 찍을 때 까지만해도 사이가 좋아보였던 커플이
사진을 찍은 직후 갑자기 심각한 말다툼을 시작했다
우리는 사랑하는 사람이 생기면
사랑한다는 이유만으로 상대의 자유를 강하게 제한시켜 버린다

사랑해서 행복한 게 아니라, 사랑하기 때문에 더 외롭고 불행하다면
사랑을 제대로 못 배워서 일거다
우리는 사랑을 좀 더 공부하고 배울 필요가 있는 것 같다

사랑을 제대로 배우지 못한 사람들은
사랑하는 만큼 상대를 괴롭히거나 다툼을 만들어야만 사랑이라 믿는다
사랑을 확인하기 위해 상처를 주기도 한다
사랑이 있기 때문에 다툼도 있는 거라며 끊임없이 싸우기도 한다
조금씩 나이가 들고 연애경험이 늘어가면서
우리는 보다 더 성숙해진 사랑을 하게 되는 경우도 있지만
나이가 들수록 더 이기적이고 찌질해져 가는 경우가 더 많다

소중한 사람에게 상처주지 않고 행복하게 살기 위해서는
사랑을 공부하는 것도
먹고 살기 위한 공부를 하는 것만큼이나 중요한 듯하다.

⁰⁷ 상처

노상주점에서 친구와 술을 마시고 있을 때
문신을 한 남자와 얼굴에 끔찍한 상처가 있는 여자가 들어와
바로 옆 테이블에 앉았다
그 남자는 여자를 무척 아끼고 사랑하는 것처럼 보였고
여자도 무척 행복해보였다
나는 그들이 자리를 떠나려 할 때
행복해 보이는 둘의 모습을 찍어두고 싶은 마음에 자리에서 일어나 말했다

"저기, 사진 한 장만 찍어도 될까요?"

"찍지 마세요! 제 아내가 싫어합니다. 대체 왜 찍으려는 거죠?"

"두 분 모습이 너무 보기 좋아서요."

"당연하죠, 나의 아내니까요."

남자는 이렇게 말하면서 담배를 물고 여자와 함께 가버렸다

다음날 밤 우연히 다시 만난 그 남자가 웬일인지 나에게 먼저 말을 걸었고
우리는 잠시 대화를 나눌 수가 있었다

더 예쁜 여자를 만나보고 싶었던 적은 없는지를 묻자
"내가 사랑하는 여자는 오직 이 여자 뿐"이라는
멋진 대사를 날릴 것 같았는데 몹시도 실망스러운 답변이 돌아왔다

"왜 아니겠어요. 그래서 가끔 바람도 피고 하지만,
 그렇다고 아내를 사랑하지 않는 것도 아니랍니다."

"바람을 피우면서 사랑한다고 말할 자격이 있다고 생각하세요?"

"어떤 남자가 젊고 예쁜 낯선 여자에게 성욕을 느낀다면,
그건 그 여자를 사랑해서가 아니라
단지 그 사람이 남자이기 때문에 그런 것뿐입니다.
남자들은 누구나 여자만 보면
같이 자면 어떨지부터 떠올리는 동물이니까요.
난 나의 아내를 사랑하지만, 남자로서 타고난 본능은 어쩔 수가 없는 거죠."

"사랑하면 사랑하는 사람한테만 충실해야죠!
바람을 피우면서 어떻게 사랑한다는 말이 나와요?"

"나에게 젊고 예쁜 여자는 같이 자고 싶은 상대일 뿐,
절대로 사랑의 대상이 될 수는 없어요.
그런 여자들은 연애와 바람의 대상으로 적합할 뿐입니다.
예쁜 얼굴도 한두 번이지 맨날 보다보면 금방 질려버리니까요.
내가 진심으로 사랑할 수 있는 여자는
항상 내가 원하는 것들에 관심이 많고,
나의 모든 이야기에 언제나 귀 기울여주는 여자랍니다.
그래서 내가 지금의 아내를 사랑하는 거지요.
대화가 너무 잘 통하거든요.
하지만 성욕은 전혀 느껴지지가 않아요.
내가 진심으로 사랑하는 지금의 아내와 결혼했기 때문에
어쩌다 가끔 욕구불만을 해소하기 위해
전혀 사랑하지 않는 여자들과 잠자리를 갖는 것뿐이지요."

"이해할 수가 없네요."

"뭘 이해할 수 없다는 거지요?
대부분의 사람들은 전혀 사랑하지도 않으면서
단지 필요에 의해 사귀거나 함께 살고있어요
내가 일시적인 충동이나 욕망으로 잠자리를 갖는 여자들은
조금도 사랑하지 않지만,
나의 아내 만큼은 진심으로 사랑하면서 함께 살고 있단 말입니다."

"당신의 아내가 바람피우는걸 알게 된다면,
얼굴에 난 상처보다 더 깊고 끔찍한 상처를 받게 될 거예요.
정말 사랑한다면, 그런 식으로 상처 주는 건 그만둬요!"

"바람은 들통만 안 나면 됩니다!
바람 피우고 돌아오면 뭔가 미안해져서 내가 전보다 더 잘해주게 되거든요.
그러니 서로 좋은 거 아니겠어요?"

"그러지 말고 그냥 잘해줘요"

"당신은 마치 안 그럴 듯 말하지만, 결국에 남자는 다 똑같아요!
당신도 결혼해서 기회가 된다면, 바람 피울거 아닌가요?"

그 말을 끝으로 그는 담배연기를 길게 내뿜으며 어딘가로 가버렸다
자신의 경험을 바탕으로
다른 사람 사람의 인생까지 판단하는 인간들은 정말 혐오스럽다
자신이 아는 게 거기까지 밖에 안 되니
판단할 수 있는 범위도 딱 거기까지인 거다
아무튼 남자가 바람을 피는 진짜 이유는 불행하기 때문이다
내면이 가난하고 불행한 사람들은
외적인 쾌감을 통해 일시적이나마 위안을 받기 위해 욕망에 집착한다
누구라도 불행할 때가 있긴 하지만,
세상 모든 남자들이 전부 다 그 정도로 불행한 건 아니다

⁰⁸ 오징어 여인

평범하게 생긴 어떤 여자가 있었어
그 여자는 자신의 외모가 못생긴 오징어 같다고 생각했지
"넌 못생기지 않았어. 너 정도면 예뻐."
이렇게 말했지만 그녀는 믿지 않더라고

그런데 어느날 내 친구가 그녀에게 정말 못생겼다고 말해버린 거야
물론 장난으로 한 말이었지만 그녀는 심각한 상처를 받았고
그때부터 내친구를 저주하기 시작했어

자신을 오징어라고 생각하는 여자에게 누군가가 외모지적을 한다면
그 여자는 당연히 분노할거야

하지만 자신을 여신이라고 생각하는 여자에게 외모지적을 한다면
그녀는 무시해버리겠지
그녀를 못생겼다고 보는건 그 사람의 눈에 문제가 있는 것뿐이니까
사람들이 그녀에게 아름답다고 말해준다면
그건 또 너무 당연한 것뿐이라서 딱히 기분이 좋아지는것도 아닐 거야

그런데 자신을 오징어라 생각하는 여자에게 아름답다고 말하면
그녀는 그것을 거짓말이라고 생각하거나 믿지 않더라고

그녀가 가진 상처들은 타인이 주는게 아니라
대부분 자기 스스로가 만들어서 받고있는 거였어

너무 뻔한 이야기지만
중요한 건 다른 사람들이 자신을 어떻게 보는지가 아니라
자신 스스로가 자신을 어떻게 보는지인 것 같아
스스로 아름답고 멋지다 생각하면 그걸로 충분한 거니까
자기자신이 못생겼다는 걸 잘 알더라도
난 너무 아름답고 멋지다고 생각하면 되는 거야

자기 스스로가 자신을 인정하면
타인의 인정과 칭찬을 바라지 않게 되기 때문에 자유로워질 수 있지만
그렇게 하지 못해서 다른 사람의 말이나 태도에 쉽게 상처받는다면
영원히 자유로워질 수 없을 거야
다른 사람들이 자신을 어떻게 보고 뭐라 말하든 전혀 신경 쓰지 않는다면
진정한 자유인이 될 수 있을 거야

하지만 내주변에는 그런 자유인들 보단
자신을 쓰레기라 생각하기 때문에
별것도 아닌 것에 자신을 무시하고 쓰레기 취급한다고 느끼거나 상처받고
그래서 언제나 주변 사람들을 비난하면서
자신에게 문제가 있다는 걸 모르는
그런 사람들이 더 많은 것 같아

<u>09</u> 이유

자식이 부모 마음대로 안 되는 건

부모들이 맘대로 하려고 하기 때문

세상이 내 맘대로 돌아가지 않는 건

세상이 내 맘대로 돌아가길 바라기 때문

우리가 불행하고 자유롭지 못한 건

행복하고 자유로워지길 바라기 때문

내가 가난한 건

더 부자가 되고 싶기 때문

내가 못생긴 건

더 예뻐지고 싶기 때문

여행이 계획대로 되지 않는 건

계획을 세웠기 때문

다음 주유소 365km

살다보면 하기 싫어도 꼭 지금 해야만 하는 뭔가가 있다

¹¹ 자유의 편린

지나가는 여행자들에게 매일 헤나를 하라고 조르던 여자가 있었다

"온종일 거기 서서 그러고 있으면,
지나다니는 자유로운 여행자들 볼 때마다 부럽지 않니?"

"뭐가 부러워?
나도 일 끝나면 자유롭다구!
그리고 여행자들도 항상 자유로운 건 아니잖아!
여행 끝나면 나처럼 일해야 할 테니까!"

"평생 일 안 하고 노는 사람들도 많아."

"고통이 있기 때문에 행복이 존재하듯,
구속이 있기 때문에 자유가 소중한 거야!
맨날 놀기만 하면 자유의 소중함을 알지 못하니 자유롭다고 할 수 없어!"

"그래도 일 끝나고만 자유로운 것 보다는
일 안 하고 계속 자유로운 게 낫지 않아?"

"행복이나 자유가 지속되기를 바라는 건,
영원히 죽지 않고 살아있기를 바라는 것 보다 더 멍청한 거야!"

"난 항상 자유롭게 살고 있는데."

"거짓말! 누구든 항상 자유로울 수만은 없어.
어쩌다 몇 조각의 자유만 맛 볼 기회가 생길 뿐이니까!
여행을 나왔다면, 그동안에 단 한 조각의 자유라도 달콤하게 누려봐!"

자유의 편린

초판 1쇄 인쇄일 2015년 6월 18일
초판 1쇄 발행일 2015년 6월 23일

지은이 Terry L. 동훈
펴낸이 양옥매
편 집 육성수

펴낸곳 도서출판 책과나무
출판등록 제2012-000376
주소 서울특별시 마포구 월드컵북로 44길 37 천지빌딩 3층
대표전화 02.372.1537 **팩스** 02.372.1538
이메일 booknamu2007@naver.com
홈페이지 www.booknamu.com
ISBN 979-11-5776-048-0(03800)

이 도서의 국립중앙도서관 출판시도서목록(CIP)은 서지정보유통지원 시스템
홈페이지(http://seoji.nl.go.kr)와 국가자료공동목록시스템
(http://www.nl.go.kr/kolisnet)에서 이용하실 수 있습니다.
(CIP제어번호 : CIP2015014830)